Bordando com as Estrelas

as melhores frases de
Anne de Green Gables
e
Lucy Maud Montgomery

Ciranda Cultural

© 2020 Ciranda Cultural Editora e Distribuidora Ltda.
Adaptação textual: Ciranda Cultural
Ilustrações da capa: Vicente Mendonça
Ilustrações do miolo: Vicente Mendonça
Imagens complementares do Miolo: ESSL/shutterstock.com; Nenilkime/shutterstock.com e marssanya/shutterstock.com
Projeto gráfico e diagramação: Ana Dóbon
Revisão: Fernanda R. Braga Simon
Produção: Ciranda Cultural

Dados Internacionais de Catalogação na Publicação (CIP) de acordo com ISBD

C578b   Ciranda Cultural
              Bordando com as estrelas: As melhores frases de Anne de Green Gables e Lucy Maud Montgomery / Ciranda Cultural ; traduzido por Patricia N. Rasmussen ; ilustrado por Vicente Mendonça. - Jandira, SP : Ciranda Cultural, 2020.
              160 p. ; 15,5cm x 22,6cm. – (Ciranda Jovem)
              Inclui índice.
              ISBN: 978-65-5500-475-5

              1. Literatura infantojuvenil. 2. 2. Anne de Green Gables. 3. Lucy Maud Montgomery. I. Rasmussen, Patricia N. II. Mendonça, Vicente. III. Título. IV. Série.
                                                                                                      CDD 028.5
                                                                                                      CDU 82-93

2020-2157

Elaborado por Vagner Rodolfo da Silva - CRB-8/9410
Índice para catálogo sistemático:
   1. Literatura infantil 028.5
   2. Literatura infantil 82-93

1ª Edição em 2020
www.cirandacultural.com.br
Todos os direitos reservados. Nenhuma parte desta publicação pode ser reproduzida, arquivada em sistema de busca ou transmitida por qualquer meio, seja ele eletrônico, fotocópia, gravação ou outros, sem prévia autorização do detentor dos direitos, e não pode circular **encadernada** ou encapada de maneira distinta daquela em que foi publicada, ou sem que as mesmas condições sejam impostas aos compradores subsequentes.

Prefácio

Não faz muito que descobri os livros da escritora Lucy Maud Montgomery. Foi numa tarde cinzenta, na casa de uma tia, enquanto tomava um chá e olhava os livros em sua biblioteca. Encontrei um livro um pouco amarelado, empoeirado, mas a ilustração de um mar encapelado, uma rocha avermelhada e o céu azul tão profundo como cenário me encantou ao primeiro olhar. Espanei a poeira e o abri para ler. Sentei-me na poltrona, coloquei a xícara de chá na mesinha ao lado e mergulhei na história de uma órfã ruiva de nome Anne Shirley. O título do livro? *Anne de Green Gables*.

Voltei para casa com o livro na mão. Tempos depois, enquanto lia o livro *Anne de Windy Poplars*, deparei com a seguinte frase dita pela personagem principal: "Detesto emprestar um livro de que eu goste muito... parece que não é mais o mesmo quando me devolvem", que de certa forma traduziu o olhar de minha tia quando pedi o livro emprestado.

Comprei um livro novo para ela e fiz uma dedicatória da qual me recordo até hoje: "Para tia Dalila, que me apresentou duas novas melhores amigas, de quem jamais me separei: Lucy Maud Montgomery e Anne Shirley. Elas têm sempre uma palavra para aquecer meu coração".

A dedicatória foi o estímulo para eu selecionar as frases mais tocantes da ficção e outras da vida de Lucy Maud Montgomery.

O editor

"É preciso imaginação para acreditar em algo."

"Você pode se cansar da realidade,
mas nunca se cansa dos sonhos."

"*Era uma vez*, pensando bem, é realmente
a única maneira apropriada de começar uma história,
a única expressão que de fato sugere
romance e terra das fadas..."

"A realização é doce, quase tão doce
quanto o sonho."

"Sou tão feliz por viver em um mundo
onde existe o mês de outubro."

"Eu não consigo deixar de voar nas asas da antecipação.
É tão glorioso quanto planar através de um pôr do sol...
quase compensa a queda."

"O dia mais ensolarado tem suas nuvens; mas não devemos
esquecer que o sol está lá o tempo todo."

"Um coração partido na vida real não é tão terrível
como nos livros. É bastante parecido com uma dor de dente,
embora não pensemos NISSO de maneira exatamente romântica.
É preciso passar por momentos de dor e uma noite insone
de vez em quando, mas nos intervalos você consegue aproveitar
a vida, os sonhos, os ecos e doces de amendoim,
como se nada estivesse acontecendo."

"Eu tenho o cuidado de ser rasa e convencional
onde a profundidade e a originalidade são desperdiçadas."

"Espíritos afins não são tão raros quanto eu pensava.
É maravilhoso descobrir que existem
muitos deles no mundo."

"Amigos verdadeiros estão sempre juntos em espírito."

"Todos nós cometemos erros, portanto esqueça-os.
Devemos lamentar nossos erros e aprender com eles,
mas nunca levá-los adiante conosco para o futuro."

"Minha vida é um perfeito cemitério
de esperanças sepultadas."

"Vale a pena viver a vida,
contanto que haja riso nela."

"Sou simplesmente uma 'ébria de livros'.
Os livros são para mim a mesma
tentação e têm o mesmo apelo que uma
bebida alcoólica para seus apreciadores.
Não consigo resistir."

"Talvez o romance não entre na vida de uma pessoa
com pompa e alarido, como um alegre cavaleiro a galope.
Talvez ele chegue insidiosamente, como um velho amigo,
de maneira calma, serena. Talvez ele se revele
numa aparente prosa, até que uma flecha
iluminada atravesse repentinamente suas páginas,
traindo o ritmo e a música. Talvez o amor se desenrole
naturalmente a partir de uma bela amizade,
como uma rosa de coração dourado desabrochando
de seu verde cálice."

"Querido velho mundo, você é adorável demais,
e eu sou feliz por estar viva em você."

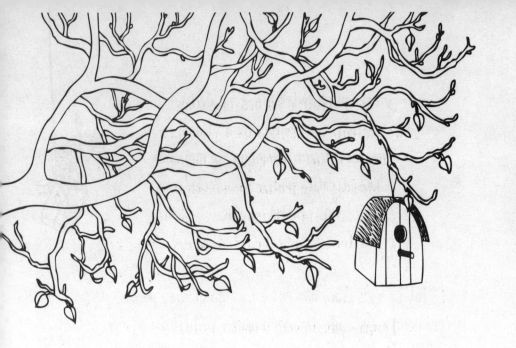

"As pessoas riem de mim porque uso palavras grandes.
Mas, se você tem grandes ideias, tem de usar
palavras grandes para expressá-las, não é mesmo?"

"Não existe mentira que dure para sempre.
A verdade é sempre mais branda, por mais
ferida que ela cause."

"Nada está realmente perdido
para nós, desde que nos lembremos disso."

"Ah, é delicioso ter boas ambições.
Fico contente por ter muitas. E elas parecem
nunca acabar — isso é que é o melhor.
Tão logo você realize uma ambição,
você já vê outra reluzindo mais adiante.
Isso torna a vida tão interessante!"

"Porque, quando você imagina, pode muito
bem imaginar algo que valha a pena."

"Por que as pessoas precisam se ajoelhar para rezar?
Se eu realmente quisesse rezar, lhe digo o que eu faria.
Iria sozinha até um campo bem vasto, ou entraria bem
no interior de um bosque e olharia para cima, para o céu
— lá em cima — lá em cima — lá em cima —, aquele céu de um
azul infinito. E então eu sentiria uma oração."

"Fui um pouco dura com você,
mas sou uma pessoa franca."

"Existe um lugar que é a terra das fadas, mas somente os pequeninos conseguem encontrar o caminho para lá. E eles não sabem que é a terra das fadas até que tenham idade suficiente para esquecer o caminho. Num dia amargo, quando o procuram e não conseguem encontrá-lo, percebem o que perderam. E essa é a tragédia da vida. Nesse dia, os portões do Éden se fecham atrás deles e a era dourada termina. Daí por diante, eles têm de viver à luz da realidade. Somente alguns, que permanecem crianças na essência, conseguem encontrar novamente esse caminho perdido; e abençoados são eles acima dos mortais. Eles, e somente eles, podem nos trazer notícias daquele querido lugar que um dia conhecemos e do qual seremos para sempre exilados. O mundo os chama de cantores, poetas, artistas e contadores de histórias; mas são apenas as pessoas que nunca esqueceram o caminho para a terra das fadas."

"Há outra curva no caminho depois desta.
Ninguém sabe o que irá acontecer."

"Olhem para o mar, todo prateado, repleto de sombras
e de coisas não vistas. Não poderíamos desfrutar
mais de seu encanto se tivéssemos milhões de dólares
e colares de diamantes."

"Não é maravilhoso pensar em todas
as coisas que há para descobrir?
Faz com que me sinta contente por estar viva.
O mundo é tão interessante!
Não teria metade da graça se soubéssemos
tudo a respeito de tudo, não é?"

"Li certa vez em um livro que uma rosa com outro
nome teria o perfume igualmente doce, mas nunca
consegui acreditar. Não acredito que uma rosa
SERIA tão encantadora se seu nome fosse cardo, ou repolho."

"Ah, às vezes penso que não adianta fazer amigos.
Eles vão embora da sua vida depois de um tempo
e deixam uma dor que é pior que o vazio
de antes de eles aparecerem."

"Ela tinha um jeito de bordar a vida com estrelas."

"Amanhã é um novo dia sem erros... ainda."

"A melhor coisa é ser amada. Mas, se você não pode ser amada,
a segunda melhor coisa é ficar sozinha."

"Eu gostaria de acrescentar um pouco de beleza à vida.
Adoraria fazer as pessoas ter horas mais agradáveis por minha
causa... ter um pouco de alegria, ou um pensamento feliz
que elas nunca teriam se eu não existisse."

"Não se preocupe... por eu me casar.
Casar-se é um problema, e não casar-se é um problema,
então fico com o problema que conheço."

"[...] O primo Jimmy me deu um dólar inteiro às escondidas,
na semana passada. Eu gostaria que ele não tivesse me dado
tudo isso. Me preocupa, é uma responsabilidade enorme.
Vai ser muito difícil gastar com sabedoria, e também sem que
tia Elizabeth descubra. Espero nunca ter um milhão de dólares.
Tenho certeza de que isso me esmagaria por completo."

"As obrigações podem ser uma prisão."

"Não estou nem um pouco mudada, não na verdade.
Estou apenas um pouco aparada e ramificada.
O verdadeiro EU – aqui dentro – é o mesmo."

"Nenhuma vida volta a ser a mesma depois que o toque
frio e consagrador da tristeza profunda lhe é imposto."

"Às vezes é um pouco solitário estar cercada
de todos os lados por uma felicidade que não é sua."

"... Sou tão grata pela amizade. Ela embeleza tanto a vida."

"Havia algo em seus movimentos que fazia pensar
que ela nunca andava, mas sempre dançava."

"Em uma linda manhã, você simplesmente acordará
e descobrirá que é Amanhã. Não Hoje, mas Amanhã.
E então as coisas irão acontecer... coisas maravilhosas."

"A fofoca, como de costume, é um terço verdade
e dois terços mentira."

"Todo mundo tem algum defeito, mas também alguma virtude...
algo que o distingue de todas as outras pessoas...
que lhe dá personalidade."

"É terrível como coisas pequenas levam as pessoas
a mal-entendidos entre elas."

"Foi um verão para não ser esquecido, um daqueles
verões que raramente acontecem na vida, mas que deixam
uma herança preciosa de lindas lembranças, um daqueles
verões que, em uma feliz combinação de clima adorável,
amigos adoráveis e feitos adoráveis, chegam mais perto
da perfeição do que qualquer outra coisa
pode chegar neste mundo."

"Você acha mais fácil ser má do que boa
quando se tem cabelo vermelho."

"O que você preferiria ser se tivesse o poder
da escolha: divinamente bonita, deslumbrantemente
inteligente ou angelicalmente boa?"

"Receio estar escandalosamente apaixonada por você."

"Não tem como uma pessoa ficar triste por muito tempo em um mundo tão interessante, tem?"

"Você acha que as ametistas podem ser a alma das violetas?"

"Sempre me pareceu, desde a tenra infância, que, em meio a todos os lugares-comuns da vida, eu estava muito perto de um reino de beleza ideal. Entre mim e esse reino havia somente um véu fino. Eu nunca conseguia afastá-lo completamente, mas às vezes era como se uma brisa soprasse e eu tinha um vislumbre dos reinos encantados além – apenas um vislumbre –, mas esses vislumbres sempre fizeram a vida valer a pena."

"Todas as coisas grandiosas terminam com todas as coisas pequenas."

"Como é difícil entender que uma pessoa pode de fato morrer."

"A desilusão é uma noite escura, que parece nunca querer ir embora."

"Por mais que seu coração doa, perdoe. O perdão fará mais bem a você do que ao outro."

"Peça licença com delicadeza, mas mantenha a firmeza no olhar."

"Aprenda a conhecer o espaço de cada um e não entre nem um pé nele. Isso fará com que ninguém se atreva a invadir o seu espaço também."

"O céu não pode ser a glória para todos; os livros, sim."

"Vim para casa apaixonada pela solidão."

"O bosque nos chama com uma centena de vozes,
mas o mar tem apenas uma voz poderosa
que submerge a nossa alma em sua música majestosa.
Os bosques são humanos, mas o mar
é da companhia dos arcanjos."

"Uma coisa boa neste mundo é que sempre
há a certeza de mais primaveras."

"Aqueles que conseguem alcançar as maiores alturas
também podem mergulhar nas profundezas mais terríveis,
e as naturezas que mais se alegram e se emocionam
são também as que mais sofrem."

"Eu detesto emprestar um livro de que eu goste muito...
parece que não é mais o mesmo quando me devolvem."

"Por que o anoitecer, o perfume dos abetos
e o resplendor dos crepúsculos do outono fazem
as pessoas dizer coisas absurdas?"

"Eu sou realmente uma pessoa feliz e satisfeita,
apesar do meu coração partido."

"Você não adora aquela poesia que dá uma sensação
de calafrio na espinha?"

"A maior parte dos problemas da vida é criada por nós mesmos."

"Fiz o meu melhor, e começo a entender o que
significa 'a alegria da luta'. A melhor coisa depois
de tentar e vencer é tentar e falhar."

"Você nunca está livre de ser surpreendido
enquanto não está morto."

"Apenas pense em todas as almas grandes e nobres que viveram e trabalharam no mundo. Não vale a pena seguir o exemplo delas e herdar o que elas conquistaram e ensinaram? E pense em todas as grandes pessoas que vivem no mundo hoje! Não vale a pena pensar que podemos compartilhar a inspiração delas? E todas as grandes almas que virão no futuro? Não vale a pena se empenhar um pouco e preparar o caminho para elas... facilitar ao menos um passo nesse caminho?"

"As pessoas supersticiosas dão cor à vida. O mundo não seria monótono se todo mundo fosse sábio e sensato... e bom? Onde encontraríamos assunto para falar?"

"Espíritos afins não mudam com o passar dos anos."

"Nesta vida você tem de esperar o melhor, preparar-se para o pior e aceitar o que Deus mandar."

"Qualquer um que tenha bom senso sabe o que é,
e qualquer um que não tenha nunca terá como saber o que é.
Portanto, não há necessidade de defini-lo."

"Devemos sempre tentar influenciar os outros para o bem."

"A verdade existe; somente as mentiras
têm de ser inventadas."

"Esperar as coisas já é metade da alegria. Você pode não
conseguir as coisas propriamente ditas; mas nada pode impedir
que você sinta a alegria de ansiar por elas."

"Abençoados aqueles que não esperam nada,
pois não serão desapontados. Mas eu acho que é pior
não esperar nada do que ser desapontado."

"Se está EM você escalar, você deve fazê-lo.
Existem aqueles que PRECISAM erguer os olhos para
as colinas; eles não conseguem respirar direito nos vales."

"Ela olhou corajosamente para o seu dever
e encontrou um amigo — como o dever sempre é quando
o cumprimos do jeito certo."

"Eu não consigo me animar — não quero me animar.
É mais interessante ser infeliz!"

"A beleza do inverno é que ele faz você apreciar a primavera."

"O mundo parece algo que Deus imaginou apenas
para seu próprio prazer, não parece?"

"Nunca fique em silêncio com pessoas que você ama
e com aquelas em quem não confia, pois o silêncio trai."

"A tristeza que sinto é apenas uma melancolia pálida, ilusória.
Nada sério o suficiente para algo mais sombrio."

"Mesmo quando estou sozinha, tenho boa companhia – sonhos,
imaginações, ilusões."

"A noite é linda quando você está feliz,
reconfortante quando você está triste,
terrível quando você está só e infeliz."

"Sempre amamos mais as pessoas que precisam de nós."

"Eu tenho um sonho. E persisto nele, apesar de às vezes
parecer que nunca se tornará realidade.
Sonho com uma casa com a lareira acesa, um gato
e um cachorro, os passos de amigos... e você!"

"Elas ficam aparecendo o tempo todo — coisas
que deixam você perplexa, sabe?
Você resolve uma questão e logo já aparece outra.
São tantas coisas para se pensar e decidir quando
você começa a crescer... Fico ocupada o tempo inteiro
pensando nelas e decidindo o que é certo.
Crescer é uma coisa muito séria."

"Não devemos rir das angústias da juventude.
Elas são terríveis, porque a juventude ainda
não aprendeu que isso também irá passar."

"Não é melhor ter o coração partido do que seco?
Antes de ser partido ele deve ter sentido algo esplendoroso.
Isso faria a dor valer a pena."

"Não se assuste, Marilla. Eu estava andando no beiral
do telhado e caí. Desconfio que torci o tornozelo.
Mas, Marilla, eu podia ter quebrado o pescoço.
Vamos ver o lado bom das coisas."

"Você nunca imagina as coisas diferentes do que são?
Ah, quanta coisa você perde ao não imaginar!"

"Fui procurar meus sonhos fora de mim e descobri que não
é o que o mundo reserva para você, é o que você traz para ele."

"Uma moça que se apaixona com tanta facilidade ou que quer
que um homem a ame com tanta facilidade provavelmente
irá superar isso com a mesma rapidez. Já alguém que leva
o amor a sério provavelmente guardará o sentimento por um
bom tempo e esperará algo além de atenções meramente amigáveis
de um homem antes de pensar nele pela luz do romance."

"Se você não consegue ficar animada, pelo menos
fique tão animada quanto conseguir."

"Fugir das responsabilidades é a maldição da vida moderna...
este é o segredo de toda a inquietação e descontentamento
que está fervilhando no mundo."

"Sabe o que eu acho que as buganvílias são?
Acho que devem ser a alma das flores que morreram
no verão passado e que aqui é o céu delas."

"Não é vaidade reconhecer seus próprios pontos positivos.
Seria estupidez não reconhecê-los; só é vaidade quando
você fica cheio de si por causa disso."

"Ter aventuras é algo natural para algumas pessoas.
Ou você tem o dom da aventura ou não tem."

"Minha pena haverá de curar, não de ferir."

"Ela faz com que eu a ame, e eu gosto de pessoas
que fazem com que eu as ame. Me poupa a dificuldade
de eu mesma fazer com que as ame."

"Não desista de todo o seu romantismo; um pouquinho é sempre bom... não muito, claro, mas um pouquinho."

"Nunca tenhamos medo das coisas. É uma escravidão terrível. Sejamos ousados, aventureiros e esperançosos. Vamos dançar para conhecer a vida e tudo que ela pode nos trazer, mesmo que traga um monte de problemas, febre tifoide e gêmeos!"

"Tudo que eu quero é um vestido com mangas bufantes."

"As alegrias da vida são aquelas que fazem você ter vontade de pular, de cantarolar, não importa o lugar em que você esteja, não importa a voz que você tenha."

"Estou cansada de tudo... até dos ecos. Não há nada senão ecos na minha vida... ecos de esperanças, sonhos e alegrias perdidas. Eles são lindos e zombeteiros."

"Eu gosto que as pessoas tenham um lado um pouco tolo."

"Adoro um livro que me faça chorar."

"Tudo está predestinado e irá acontecer de qualquer maneira. Mas, mesmo assim, é bom pensar que somos um instrumento usado pelo destino."

"As fantasias são como sombras... Você não pode aprisioná-las; elas são coisas rebeldes, dançantes."

"Não importa quantas coisas horríveis aconteceram, pelo menos ainda existem gatos no mundo."

"Eu não gosto que me digam que me pareço com outras pessoas. Eu me pareço somente comigo mesma."

"A revolta inflamava sua alma à medida que as horas sombrias passavam — não porque ela não tivesse futuro, mas porque não tinha passado."

"As tristezas que Deus nos manda trazem com elas força e conforto, ao passo que as tristezas que nós mesmos nos causamos, por insensatez ou maldade, são de longe as mais difíceis de suportar."

"Lágrimas não machucam como a dor."

"Tudo que vale a pena é problema..."

"Não se deixe levar por esses rugidos sobre o realismo. Os bosques de pinheiros são tão reais quanto os chiqueiros e muito mais agradáveis para se ficar."

"Desesperar-se é virar as costas para Deus."

"Meu corpo está bem, embora o espírito
esteja consideravelmente amarrotado."

"Algumas pessoas nos encantam como música de piano.
Outras nos agridem como marteladas.
Isso apenas com o olhar."

"Às vezes, toda a liberdade que podemos esperar
é a liberdade de escolher nosso cativeiro."

"Há tantas coisas no mundo para todos nós!
Tanta coisa nas artes, na literatura, nos homens,
nas mulheres, tanta coisa com que se deliciar
e pelo que ser grato! Se ao menos tivermos
olhos para vê-las, coração para amá-las e mãos
para recolhê-las, poderemos nos considerar felizes."

"Meu futuro parecia estender-se à minha frente como uma estrada reta. Achei que conseguia enxergá-lo por muitos quilômetros. Agora apareceu uma curva. Não sei o que há além da curva, mas vou acreditar que é o melhor. Fico imaginando como será a estrada depois dela, o que há ali de glória verdejante, de suaves luzes e sombras intercaladas, que novas paisagens, que novas belezas, que curvas, colinas e vales virão pela frente."

"A liberdade não existe. O que existe são diferentes tipos de escravidão. Você ACHA que é livre porque escapou de um tipo de escravidão indestrutível. Mas será que é? Você me ama... ISSO é uma escravidão."

"Todo mundo tem um pouco de insanidade
quando se vê enredado em mentiras."

"Eu adoro cuidar da casa... é mesmo uma expressão
adorável, não é? Cuidar... tomar conta, proteger do mundo...
de todas as forças que tentam invadi-la."

"Algumas pessoas têm uma espécie
de talento para a felicidade."

"Terra das fadas é a expressão mais linda, porque
significa tudo o que o coração humano deseja."

"Seria maravilhoso dormir em uma cerejeira silvestre
em flor, toda branca ao luar."

"Algumas pessoas têm a aparência de uma música suave."

"Você tem uma ânsia de escrever que nasceu com você.
É incurável. O que você faz com isso?"

"Neve em abril é abominável. Como um tapa
no rosto quando você espera por um beijo."

"Eu li uma história esta noite. O final foi triste.
Fiquei arrasada, até que inventei um final feliz para ela.
Sempre darei um final feliz para as minhas histórias.
Não me importo se é 'realista' ou não. É como a vida deveria ser,
e essa verdade é melhor do que a real."

"Lágrimas podem ser de alegria, tanto quanto de tristeza.
Meus momentos mais felizes foram quando fiquei
com lágrimas nos olhos."

"Tenho medo de falar ou de me mexer e toda esta beleza
maravilhosa desaparecer... como um silêncio interrompido."

"Eu me permito deixar que as pessoas se sintam como querem
e entendam as coisas no seu tempo."

"Não sabemos aonde estamos indo, mas não é divertido ir?"

"Os fantasmas das coisas que nunca aconteceram
são piores do que os fantasmas das coisas que aconteceram."

"Graças a Deus, podemos escolher nossos amigos.
Os parentes temos de aceitar como são e ser gratos..."

"A maior felicidade é espirrar quando se tem vontade."

"Ela se sentiu ligeiramente chateada e inquieta.
De repente cansou-se dos sonhos ultrapassados.
O vento despetalou a última rosa vermelha do jardim.
O verão terminou... era outono."

"Ah, claro que existe risco em casar-se com alguém,
mas, no final das contas, há muita coisa
pior que um marido."

"As pequenas coisas da vida, doces e excelentes
em seu lugar, não devem ser as coisas pelas quais vivemos;
as mais elevadas é que devem ser buscadas e seguidas;
a vida do céu precisa ser iniciada aqui na terra."

"É delicioso quando a sua imaginação
se torna realidade, não é?"

"A beleza dela é a menor de suas qualidades.
Ela é a mulher mais linda que já conheci. E aquela risada?
Tentei todas as formas para evocar aquele riso,
só pelo prazer de ouvi-lo."

"Eu não quero que não cometamos erros.
Eu só quero estar incluída. Quero que sejamos parceiros."

"Esta é uma das coisas que aprendemos quando ficamos mais velhos: perdoar. É mais fácil aos 40 do que era aos 20."

"Há coisas mais importantes do que a beleza."

"Eu só queria fazer algo que importasse uma vez nesta minha triste e irrelevante vida."

"A felicidade de um estava nas mãos do outro, e ambos estavam sem medo."

"Eu adoro bebidas de cor vermelho-vivo, você não? Elas são duas vezes mais saborosas do que qualquer outra cor."

"A juventude não desaparece; ela permanece para sempre no coração."

"Nós vivíamos desafiando todas as leis conhecidas de dieta."

"Estou convencida de que não deveríamos fechar
nosso coração para as influências curadoras
que a natureza nos oferece."

"É difícil acreditar que alguma coisa possa nos agradar
quando alguém a quem amamos já não está mais ali
para compartilhar conosco aquela alegria, e quase sentimos
como se estivéssemos traindo a nossa tristeza quando
percebemos que o nosso interesse na vida está voltando."

"Estou nas profundezas do desespero!"

"Não são os nossos sentimentos que devemos
seguir ao longo da vida — não, não, causaríamos desastres
com frequência se fizéssemos isso. Há somente uma bússola
segura para orientar nosso curso: aquilo que é certo fazer."

"Se um beijo pudesse ser visto, acho que se pareceria
com uma violeta."

"Tenho um punhado de sonhos para vender.
O que falta? Um sonho de sucesso...
um sonho de aventura... um sonho do mar...
um sonho da floresta... qualquer tipo de sonho
que você queira, a preços razoáveis, incluindo
um ou dois pequenos pesadelos exclusivos.
Que sonho você vai me dar?"

"Tudo que Ruby dissera foi tão horrivelmente verdadeiro,
ela estava deixando tudo o que tinha importância para ela.
Havia guardado seus tesouros somente na terra.
Havia vivido apenas pelas pequenas coisas da vida, as que
são passageiras, esquecendo as coisas grandes que continuam
na eternidade, fazendo a ponte entre as duas vidas
e fazendo da morte uma mera passagem de uma
moradia para outra. Do crepúsculo a um dia sem nuvens.
Não era de admirar que sua alma se apegasse em
cego desamparo às únicas coisas que
ela conhecia e amava."

"O mundo seria um lugar muito mais interessante
se as pessoas expressassem seus verdadeiros pensamentos."

"Suponho que seja romântico morrer... por um rato."

"Aos 17 anos os sonhos SÃO satisfatórios porque você pensa
que eles irão se tornar realidade lá na frente."

"Segredos em geral são terríveis.
A beleza não é escondida — somente a feiura e a deformidade."

"Eu gostaria que fosse possível ver os perfumes,
tanto quanto cheirá-los. Tenho certeza de que
seriam muito lindos."

"Não existe algo que chamam de 'vida comum'.
Nenhuma vida pode ser comum se nela tem sol,
riso e dias de primavera."

"Você pode não conseguir as coisas propriamente ditas; mas nada pode impedir que você se divirta esperando por elas."

"Não adianta tentar viver das opiniões dos outros. A única coisa a fazer é viver por si mesmo."

"Quem suportaria a vida se não fosse a esperança da morte?"

"Nunca digo o que sei sobre mim mesma. Prefiro dizer o que imagino sobre mim mesma. É muito mais interessante."

"Não tente escrever algo que você não possa sentir, pois certamente será um fracasso. Ecos não valem a pena."

"É muito difícil levantar-se novamente depois de cair. Porém, quanto mais difícil, maior é a satisfação quando você levanta, não é?"

"O desejo cresce por aquilo de que se alimenta."

"É tão mais romântico terminar uma história com um funeral do que com um casamento!"

"Será que ela achava que biscoitos de gengibre eram um substituto para anseios apaixonados e para loucas, selvagens e fascinantes aventuras?"

"Eu fui muito provocada. Claro que eu sabia que fadas não existem; mas isso não precisava me impedir de pensar que sim."

"O futuro é um caminho ainda não trilhado,
repleto de possibilidades maravilhosas."

"Nada como um pouco de paz e sossego."

"Ela nunca se importara em ficar sozinha antes. Agora ela tinha
pavor. Quando ficava sozinha, sentia-se terrivelmente só."

"Uma tigela de maçãs, um fogo aceso e um bom livro
são uma boa substituição do paraíso."

"– Ela é diferente de todas as garotas que já conheci,
inclusive daquelas que eu mesma fui.
– Quantas garotas você foi, tia Jimsie?
– Uma meia dúzia, querida."

"Dizem que tenho língua solta, mas não
é bem verdade, ela está bem presa na boca."

"O desespero é um homem livre;
a esperança é um escravo."

"Que me importa se é 'primário e improvável'
e 'carente de arte literária'? Recuso-me a ser estorvada
por esses cânones de crítica. A única coisa essencial
que exijo de um livro é que ele me interesse.
Se me interessar, perdoo qualquer outra falha."

"Algumas pessoas têm a única função de serem desagradáveis.
Outras, de serem falsas. Outras, ainda, de fingirem
que não percebem os dois primeiros tipos.
Eu pertenço ao terceiro tipo."

"Satirize a maldade, se quiser... mas tenha pena da fraqueza."

"Uma pessoa pode fazer muito com sorrisos adequados,
pois há o sorriso amigável, desdenhoso, desapegado, comum
ou o de paisagem. E cada um deles leva uma mensagem."

"Provérbios são ótimos quando nada o preocupa, mas, quando você realmente está com problemas, eles não ajudam nada."

"À luz do dia eu pertenço ao mundo... À noite pertenço ao sono e à eternidade. Mas no lusco-fusco sou livre e pertenço somente a mim mesma... e a você."

"Sei que quase sempre conseguimos aproveitar as coisas quando decidimos firmemente que vamos aproveitar. É claro que temos de decidir firmemente."

"A vida me deve algo a mais do que me pagou, e eu vou cobrar..."

"Remexer memórias antigas pode trazer tristeza, mas certamente haverá de aquecer o coração."

"Gosto de homens que falem mais com os olhos do que com os lábios."

"Li três livros que Dean me emprestou nesta semana.
Um deles era como um jardim de roseiras,
muito agradável, mas um pouco meloso demais.
Outro era como um bosque de pinheiros na montanha,
cheio de bálsamo, picante...
Eu amei, e no entanto me fez sentir uma espécie
de desespero. Tão lindamente escrito, nunca serei
capaz de escrever daquela forma, tenho certeza.
E o outro... era como um chiqueiro.
Dean me deu esse por engano."

"Ela havia tido alguns sonhos brilhantes durante
o último inverno, e agora eles jaziam no pó ao seu redor.
No atual estado de espírito de aversão em que
se encontrava, não conseguiria começar imediatamente
a sonhar de novo. E descobriu que, ao passo
que a solidão com sonhos é gloriosa, a solidão
sem eles tem muito pouca graça."

"Ler pode salvar sua vida."

"É bem ruim sentir-se insignificante, mas é insuportável que seja incutido na sua alma que você nunca, jamais, será qualquer coisa além de insignificante..."

"Minha biblioteca não é muito extensa, mas cada livro que existe nela é um amigo."

"Você não reconhece o amor quando o vê. Você imaginou como achava que seria o amor e espera que na realidade seja aquilo que imaginou."

"Suponho que tudo isto pareça muito doido. Todas estas emoções terríveis sempre parecem tolas quando as expressamos com palavras inadequadas. Elas não são para ser faladas. São apenas para serem sentidas e suportadas."

"É um bom conselho, mas imagino que seja difícil de seguir; bons conselhos geralmente o são, penso eu."

"Chegamos à reconfortante conclusão de que o Criador
provavelmente sabe administrar Seu Universo
tão bem quanto nós e que, afinal, não existe tal
coisa como vidas 'desperdiçadas', salvo e exceto quando
um indivíduo desperdiça intencionalmente a própria vida..."

"A luz do sol lhe parecia algo dançante e irresponsável
demais para um mundo que deveria ser levado a sério..."

"Ele havia aprendido o raro segredo de que é preciso
acolher a felicidade quando a encontramos, que não
adianta marcar o lugar e voltar depois em uma ocasião
mais conveniente, porque ela não estará mais lá."

"— Os rapazes gostam de mim como amiga, mas não
acredito que algum deles realmente se apaixonaria por mim.
— Bobagem. Nove de cada dez homens se apaixonariam por você.
— Mas seria o décimo que eu iria querer."

"É tão lindo que dói. Coisas assim perfeitas
sempre me deixaram triste... Lembro que dei o nome
de 'dor estranha' quando eu era criança.
Qual será o motivo para uma dor assim parecer
ser inseparável da perfeição? Será a dor da completude,
quando nos damos conta de que não pode haver
mais nada além, apenas retrocesso?"

"Normalmente, novembro é um mês desagradável...
é como se o ano de repente percebesse que está
ficando velho e não pudesse fazer nada, somente chorar
e se lamentar. Este ano está envelhecendo graciosamente...
como uma senhora idosa altiva que sabe que pode
ser charmosa mesmo com cabelos grisalhos e rugas.
Tivemos dias adoráveis e deliciosos crepúsculos."

"Eu só estava imaginando que era realmente
eu quem você queria afinal, e que eu iria
ficar aqui para todo o sempre.
Foi muito reconfortante enquanto durou."

"Sou tão feliz por viver em um mundo
onde existe o mês de outubro. Seria terrível
se pulássemos de setembro para
novembro, não seria?"

"É meio difícil decidir quando exatamente as pessoas
já são adultas. Algumas são adultas quando nascem.
Outras, aos 80 anos não cresceram ainda."

"Ninguém é velho demais para sonhar.
E os sonhos nunca envelhecem."

"Mais fácil falar do que fazer."

"Não tenho dúvida de que seremos todos lindos quando
formos anjos, mas do que isso nos servirá então?"

"As mudanças acontecem o tempo todo.
Bem quando as coisas estão começando
a ficar realmente boas."

"Ela sempre olhou para ele com a expressão sonhadora
de uma alma que andara vagando ao longe, conduzida
pelas estrelas."

"Odeio viver fazendo rodeios. Receio dar um único passo
maior por medo de alguém estar observando.
Sou como o gato de Kipling, quero 'abanar meu rabo selvagem
e andar do meu jeito solitário e selvagem'."

"O problema em não seguir as convenções
é ter de enfrentar as consequências depois."

"Eu duvidei de Deus no domingo passado, mas hoje
não duvido. O mal não pode vencer. O espírito está
do nosso lado e irá sempre durar mais do que a carne."

"Como você vai descobrir sobre as coisas
se não fizer perguntas?"

"Sempre tem alguma parte do trabalho para terminar,
mas suponho que sempre tenha também alguém para terminá-lo."

"Pensamentos encantadores vieram voando para mim
como pássaros. Não eram pensamentos meus.
Eu não seria capaz de pensar algo tão requintado.
Eles vieram de algum lugar."

"Deixe-me lembrá-la de que a medida da liberdade
de uma pessoa é aquilo de que ela pode prescindir."

"Se você compra a sua experiência, ela é sua.
Então não importa quanto você paga por ela."

"Não há nada de errado em ser diferente."

"Não há nada melhor do que um trabalho bem feito."

"O diferente não é ruim. Ele só não é mais o mesmo."

"O que tem de errado em passar uma vida ao lado de alguém que você ama?"

"Opções. Gosto dessa palavra."

"O romance não é mais uma coisa apreciada."

"Ninguém escuta a razão."

"O casamento é maravilhoso se o amor for motivo para se casar."

"Os sonhadores mudam o mundo.
Mentes curiosas nos impulsionam para a frente."

"As mudanças nem sempre são agradáveis,
mas são coisas excelentes...
Não podemos aceitar que as coisas
permaneçam exatamente iguais
por muito tempo, senão elas mofam.
E isso vale até para o amor."

"'Não seja ridícula, por favor' são as palavras
mais ofensivas do mundo!"

"Acho que os conselhos dela são como pimenta...
excelentes em pequenas quantidades, mas ardentes
em doses maiores."

"Ela pensava com pontos de exclamação."

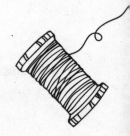

"Acho que as pessoas é que tornam
os nomes bonitos ou feios pelo que elas são.
Hoje eu não suporto os nomes Josie e Gertie,
mas antes de conhecer as meninas
Pye eu gostava."

"Eu não poderia costurar em um dia
como este. Há algo no ar que parece entrar
no sangue e cria uma espécie de glória
em minha alma. Meus dedos se retorceriam,
e a costura ficaria torta.
Portanto, vamos à praça e aos pinheiros."

"Não existe vínculo mais duradouro
do que aquele formado pelas confidências
mútuas daquele tempo mágico, quando
a juventude desliza para fora da bainha
da infância e começa a se perguntar
o que há além daquelas colinas enevoadas
que delimitam a estrada dourada."

"Ouço a Senhora dos Ventos correr com passadas
suaves pela montanha. Devo sempre pensar
no vento como uma personalidade. É uma megera
quando sopra do Norte... uma exploradora quando
vem do Leste... uma garota risonha quando vem do Oeste....
e nesta noite vem do Sul como se fosse
uma pequena fada cinzenta."

"Você não pode enfrentar um oponente
com uma espada se ele conta com o golpe
de um machado de guerra."

"Tudo se renova na primavera. A própria
primavera é sempre tão nova, nunca é igual
a qualquer outra. Existe sempre alguma coisa
própria em sua doçura peculiar."

"É sempre seguro sonhar com a primavera.
Pois é certo que ela virá; e, se não for exatamente
como imaginamos, será infinitamente mais doce."

"Diana e eu estamos pensando seriamente em prometer uma à outra que nunca nos casaremos, mas que seremos duas solteironas simpáticas e viveremos juntas para sempre. Mas Diana ainda não se decidiu, porque ela acha que talvez seja mais nobre casar-se com um jovem selvagem, impetuoso e perverso e reformá-lo."

"Sabe o que eu penso sobre a lua nova? Penso que é um barquinho dourado cheio de sonhos. E, quando ela esbarra em uma nuvem, alguns deles caem para fora e para dentro do nosso sono."

"Eu gostaria que todas as pessoas do mundo estivessem tão aquecidas e abrigadas como nós nesta noite."

"As fadas habitam somente o reino da Felicidade; não tendo alma, elas não podem entrar no reino da Tristeza."

"Eu sempre amei a noite e ficar deitada
acordada, pensando em tudo da vida:
passado, presente e porvir.
Especialmente o porvir."

"Qualquer um que tenha solidariedade
e compreensão para oferecer tem um tesouro
que não tem preço e dinheiro nenhum paga."

"Eu sempre lamento quando coisas agradáveis terminam.
Algo ainda mais agradável pode vir depois,
mas não se pode ter certeza.
E acontece tanto de ser o contrário!"

"A pior parte de crescer é perceber que
as coisas que você tanto queria quando era
criança não têm a metade da graça quando
você consegue alcançá-las."

"... sempre sentia a dor das amigas tão profundamente que não conseguia dizer palavras fluentes de conforto com facilidade. Além disso, ela se lembrava como discursos bem-intencionados a haviam magoado, e tinha medo."

"Não podemos deixar que a próxima semana nos roube a alegria desta."

"É menos humilhante admitir ter chorado por causa da dor nos pés do que por causa de alguém que esteve apenas se divertindo na festa com você."

"Como fui má por desejar que algo dramático acontecesse! Se ao menos pudéssemos ter de volta aqueles dias queridos, monótonos e agradáveis! Eu nunca me queixaria deles de novo."

"Os mortos só serão mortos se você deixar de se lembrar deles."

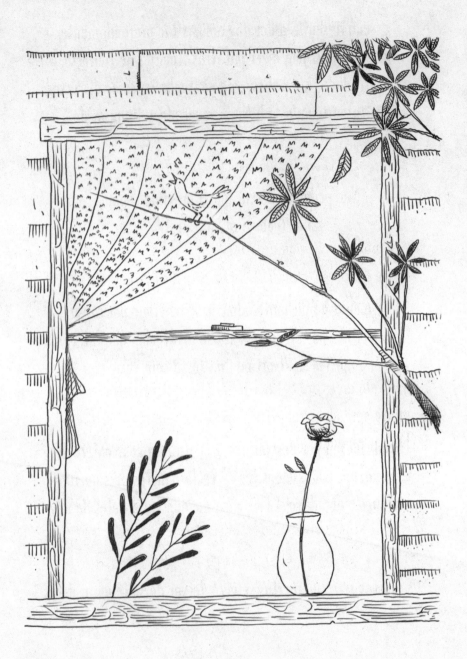

"Perdemos tanto da vida se não amamos...
Quanto mais amamos, mais rica é a vida."

"Cada manhã é um novo começo.
Cada manhã é o mundo renovado."

"A manhã era como uma taça cheia de névoa e glamour.
No canto perto dela havia uma rica surpresa de rosas
recém-desabrochadas e cobertas por cristais de orvalho.
O trinado e o canto dos pássaros na grande árvore acima
dela pareciam estar em perfeita harmonia com seu
estado de espírito. Uma frase de um livro muito antigo,
muito verdadeiro, muito maravilhoso veio aos seus lábios...
'O choro pode durar uma noite, mas a alegria chega pela manhã'."

"Um pouquinho de reconhecimento faz tanto bem
quanto toda a boa educação do mundo."

"Ela conseguia ficar em silêncio, era evidente,
com tanta energia como conseguia falar."

"Faz bem às pessoas ter de fazer coisas
de que não gostam... com moderação."

"Não gosto desses aromas fabricados, mas a fragrância
do capim-doce sempre combina com uma mulher,
em qualquer lugar e ocasião."

"Acredito que estendi uma pequena
raiz da alma neste solo.
Detesto me sentir transplantada."

"Afinal, era melhor ser amada do que ser rica
e admirada e famosa."

"Ela era tão intensa em seus ódios quanto em seus amores."

"Nós sempre detestamos as pessoas que
surpreendem nossos segredos..."

"Já existem tantas coisas desagradáveis no mundo
que não adianta imaginar outras."

"— Li certa vez que as almas são como flores — disse Priscilla.
— Então a sua é um narciso dourado, a de Diana
é uma rosa vermelha, bem vermelha, e a de Jane
é uma flor de maçã, rosa, saudável e doce — disse Anne.
— E a sua é uma violeta branca com veios roxos — concluiu Priscilla."

"Quando uma grande paixão toma conta
da alma, todos os outros sentimentos
são empurrados para fora."

"Você é a única pessoa no mundo
que me ama. Quando você fala comigo,
sinto o perfume de violetas."

"Há momentos em que nos divertimos de verdade,
porque apenas naquele momento não pensamos
em nada, e então... nos lembramos... e lembrar
é pior do que seria ter pensado o tempo todo."

"A certeza de que um novo sentimento começa a despertar
em seu coração é quando você começa a pensar insistentemente,
antes de dormir, nas coisas de que a pessoa gosta
e no que você poderia fazer para surpreendê-la."

"'Mas eu prefiro ser parecida com você a ser bonita',
disse ela para Anne com sinceridade. Anne riu, sorveu
mel do suposto elogio e jogou fora o ferrão."

"Casas são como pessoas – de algumas você gosta e de outras
não, e de vez em quando tem uma que você ama."

"Meu objetivo maior na faculdade é aprender não só para mim,
mas para ajudar os outros também."

"Por que os homens não podem ser apenas sensíveis?"

"Não é estranho que as coisas pelas quais nos afligimos durante a noite raramente são coisas más? São apenas humilhantes."

"Ela queria ficar sozinha, pensar nas coisas, adaptar-se, se fosse possível, ao novo mundo no qual parecia ter sido transplantada tão repentinamente e com tal plenitude que ficara meio atordoada com sua própria identidade."

"Acho que, talvez, fazemos uma ideia muito errada sobre o Céu e o que está reservado para nós. Não creio que seja muito diferente da vida aqui como pensa a maioria das pessoas. Creio que continuaremos vivendo, uma boa parte, como vivemos aqui. Não deixaremos de ser NÓS MESMOS, apenas será mais fácil ser bom e seguir o Divino. Todos os obstáculos e dificuldades serão removidos e enxergaremos com mais clareza."

"Os países mais felizes, assim como as mulheres
mais felizes, não têm história."

"Nunca é muito seguro achar que já fizemos tudo na vida.
Quando pensamos que terminamos nossa história, o destino dá
um jeito de virar a página e nos mostrar outro capítulo."

"Ter medo das coisas é pior do que as coisas em si."

"Não olhe para mim com tanto pesar e desaprovação, querida.
Não consigo ser sóbria e séria. Tudo parece tão rosado
e colorido como um arco-íris para mim."

"Eu já perdi a esperança de ter covinhas.
Meu sonho de ter covinhas nunca se tornará realidade,
mas tantos sonhos meus se realizaram que não posso reclamar."

"Se não perseguirmos as coisas, às vezes as coisas
que nos seguem podem nos alcançar."

"Paixão nós costumamos esquecer.
Amor, ao contrário, levamos pela vida inteira."

"Sábio é quem se deixa encantar por alguém que ama os livros, as plantas e os animais. Nesses corações não existe espaço para ódio."

"Cante, grite, pule, mas, acima de tudo, ame."

"As pessoas diziam que ela não tinha mudado muito,
em um tom que sugeria que estavam surpresas
e um pouco desapontadas por ela não ter mudado."

"Amar é fácil e, portanto, comum. Mas entender... como é raro!"

"O único animal verdadeiro é o gato, e o único
gato verdadeiro é o cinza."

"O inverno era lindo ali, quase insuportavelmente belo.
Dias de claridade brilhante. Fins de tarde que
eram como taças de glamour: a mais pura safra
de vinho de inverno. Noites com fogo de estrelas.
Auroras frias e requintadas. Adoráveis samambaias
brancas de gelo nas janelas do Castelo Azul.
O luar sobre as bétulas em degelo. Sombras irregulares
nas noites de vento, sombras rasgadas, distorcidas,
fantásticas. Longos silêncios, austeros e penetrantes.
Colinas primitivas, ornamentadas. O sol rompendo
repentinamente as nuvens cinzentas acima
do lago espelhado. Lusco-fuscos prateados, riscados
por rajadas de neve, quando a aconchegante
sala de estar, com a lareira acesa e os gatos inescrutáveis,
parecia mais aconchegante que nunca.
Cada hora trazia uma nova revelação
e uma nova maravilha."

"Temos o péssimo hábito de nos importamos
com coisas completamente desnecessárias."

"O amor! Que coisa abrasadora, torturante, insuportavelmente
doce ele era... a possessão do corpo, da alma e da mente!
Nenhum sonho havia chegado perto disso.
Ela já não era solitária. Era parte de uma vasta irmandade,
de todas as mulheres do mundo que haviam amado."

"Eu realmente não me importo com o que as pessoas
pensam de mim se elas não me deixarem ver."

"As pessoas que são diferentes das outras são sempre
chamadas de peculiares."

"Uma casa não é um lar sem o inefável contentamento
de um gato com o rabo dobrado sob as patas.
Um gato traz mistério, charme, insinuação."

"Existem três coisas boas e gentis:
estarmos aqui, estarmos juntos
e pensarmos bem um do outro."

"Há muitas pessoas que não entendem
as coisas, por isso não adianta explicar."

"Perdemos metade da graça depois que
aprendemos que a linguagem nos é concedida
para esconder nossos pensamentos."

"Os horizontes de Anne haviam se fechado desde
a noite em que ela se sentara ali depois de chegar da Queen's;
mas, se o caminho reservado à sua frente fosse estreito,
ela sabia que flores de serena felicidade cresceriam ao longo dele.
Os júbilos do trabalho sincero, digna aspiração
e simpática amizade seriam seus; nada poderia privá-la
de seu direito à imaginação ou de seu mundo ideal de sonhos.
E sempre havia a curva na estrada!"

"Ali a rosa da alegria floresceu imortal pelos vales e riachos, as nuvens nunca escureceram o céu ensolarado, os sinos doces nunca desafinaram, e os bons espíritos abundavam."

"Nada parece valer a pena. Meus próprios pensamentos são velhos. Já os tive antes. Qual é a razão de viver, afinal?"

"Sinto como se alguma coisa tivesse sido subitamente arrancada da minha vida e deixado um horrível buraco. Sinto como se eu não pudesse ser eu — como se eu tivesse precisado me transformar em outra pessoa e não conseguisse me acostumar. Isso me dá uma sensação horrível de solidão, atordoamento e desamparo. É bom ver você novamente; parece que você era uma espécie de âncora para minha alma à deriva."

"Em tudo que fizer, procure sobressair, pois o que vale
a pena fazer vale a pena fazer bem."

"Era realmente terrível ser tão diferente das outras pessoas...
e um tanto maravilhoso também, como se você fosse um
ser extraviado de outra estrela."

"Não é terrível como algumas pessoas são amadas
sem merecer, ao passo que outras que merecem muito
mais nunca recebem muito afeto?"

"Graças a Deus que o ar e a salvação ainda são grátis...
assim como o riso."

"Tenho certeza de que sempre me sentirei como
criança quando estiver no bosque."

"O problema é que só me arrependo depois que fiz alguma coisa."

"Fazia tempo que ela aprendera que, quando se aventurava no reino da fantasia, deveria ir sozinha. O caminho para lá era uma trilha encantada, onde nem mesmo seus entes mais queridos podiam segui-la."

"Elas capturaram em seu passeio todos os mistérios e magias de uma noite de março. Foi muito calmo, suave, envolto em um silêncio profundo — um silêncio que, entretanto, era entremeado de pequenos sons prateados que alguém poderia ouvir se escutasse tanto com a alma quanto com os ouvidos. As meninas desceram uma longa alameda entre os pinheiros, que parecia levar diretamente ao coração de um pôr do sol de inverno transbordante e de um vermelho intenso."

"Li a história da Chapeuzinho Vermelho hoje. Acho que o lobo é o personagem mais interessante da história. Chapeuzinho Vermelho é uma garotinha boba, tão facilmente enganada."

"O ódio é o amor que errou o caminho."

"Seja homem. Só um menino não admite
quando está a fim de uma mulher."

"Seria horrível viver uma vida sem o amor verdadeiro."

"Precisamos ter ideais e tentar viver de acordo com eles,
mesmo que nunca tenhamos grande êxito. A vida seria
uma coisa vazia sem eles. Com eles, ela é grandiosa."

"Os deuses não permitem que tenhamos dívidas com eles.
Eles nos dão sensibilidade à beleza em todas as suas formas,
mas a sombra da dádiva vem junto."

"Poucas coisas em Avonlea escapavam à sra. Lynde.
Naquela manhã mesmo, Anne havia dito
'Se você for para o seu quarto à meia-noite, trancar a porta,
fechar as cortinas e espirrar, no dia seguinte
a sra. Lynde vai perguntar como você está do resfriado!'"

"Ah, aqui estamos nós, na ponte. Vou fechar os olhos bem apertados. Sempre tenho medo de atravessar pontes. Não consigo deixar de imaginar que talvez, no instante em que estamos chegando à metade da ponte, ela se dobre como um canivete, nos entalando. Então fecho os olhos. Mas sempre tenho de abri-los quando acho que estamos chegando perto da metade. Porque, veja bem, se for para a ponte se dobrar, eu quero vê-la se dobrar. Pense no barulho! Sempre gosto da parte estrondosa. Não é maravilhoso que existam tantas coisas no mundo para se gostar? Pronto, passamos. Agora eu olho para trás. Boa noite, querido Lago das Águas Cintilantes. Eu sempre digo boa-noite para as coisas que amo, do mesmo jeito que digo para as pessoas. Acho que elas gostam. Aquela água parece estar sorrindo para mim."

"...o Lago das Águas Cintilantes era azul, azul, azul; não o azul mutável da primavera, não o azul pálido do verão, mas um azul claro, firme, sereno, como se a água estivesse além de todos os modos e tempos da emoção, deitada em uma tranquilidade inabalável por sonhos volúveis."

"Por que as piores lembranças são as mais insistentes?"

"O mundo sempre fica jovem outra vez por alguns momentos no amanhecer."

"A distância é curta quando temos um bom motivo para percorrê-la."

"Toda a alegria, tristeza, riso, lealdade e aspirações de muitas gerações, todos os sentimentos que vibravam sob a superfície emanavam das profundezas cinza-escuras daqueles olhos."

"Só podemos fazer o nosso melhor.
Independentemente do que sabemos ou não sabemos."

"Sua imaginação é um dom, uma coisa que não pode ser aprendida."

"É preciso aprender a encarar as coisas com calma."

"Deixe um pouco de espaço nos seus planos para o romance.
Todas as graduações e escolaridades do mundo não
compensam a falta dele."

"Ela amará profundamente, sofrerá horrivelmente
e terá momentos gloriosos para compensar."

"Deveríamos estar preparados para o melhor, também,
porque é tão provável que aconteça quanto o pior."

"Hoje foi um dia de junho que pingou em abril."

"Uma saia não é um convite."

"Você não pode deixar que as pessoas atrapalhem o seu caminho."

"Você tem meu coração para sempre."

"Há pessoas que usam correntes para se enfeitar.
Outras, para aniquilar quem está por perto."

"É sempre possível encontrar alguma coisa encantadora
para ver ou ouvir."

"A única coisa de que você pode ter certeza de que está
correta neste mundo é a tabuada."

"É o pior tipo de crueldade, o tipo irrefletido.
Não tem como lidar com isso."

"São os tolos que causam todos os problemas do mundo, não os malvados."

"Você não sente que simplesmente ama o mundo, numa manhã como esta?"

"Meu conselho é que todos nós devemos nos arriscar. Temos o coração forte, a mente fértil e a vida pela frente para corrigir os erros."

"Detesto pessoas que conseguem compactar um sermão inteiro, um texto, um comentário ou um requerimento num tijolo de seis palavras e atirá-lo em você."

"Ela disse a si mesma que ansiava voltar àqueles dias felizes, quando enxergava a vida através de uma névoa cor-de-rosa de esperança e ilusão e possuía algo indefinido que havia passado para sempre. Onde estariam agora a glória e os sonhos?"

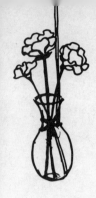

"Nunca escreva uma linha que você teria vergonha
de ler em seu funeral."

"São só as pessoas muito tolas que fazem sentido o tempo todo."

"Tem de haver um limite para os erros que uma pessoa
pode cometer; então, quando eu chegar ao limite, estarei livre.
É um pensamento reconfortante."

"Há pessoas de quem você não precisa se esconder.
Outras, de quem você deve fugir."

"Ah, bem, não vamos pegar problemas emprestados;
a taxa de juros é alta demais."

"É tão horrível não ter nada para amar... A vida fica
tão vazia, e não existe nada pior que o vazio..."

"As tristezas não irão ganhar de você se você as enfrentar com amor e confiança. Você consegue enfrentar qualquer tempestade tendo esses dois como bússola e piloto."

"A tarde estava adorável – uma tarde como só setembro pode produzir, quando o verão volta e rouba mais um dia de sonho e glamour."

"Consigo me imaginar sentada à cabeceira da mesa, servindo o chá e perguntando a Diana se ela toma com açúcar! Eu sei que ela não toma, mas claro que eu teria de perguntar como se não soubesse."

"Ah, nós somos muito cuidadosas, Marilla. E é tão interessante... Duas piscadas significam 'Você está aí?'. Três significam 'sim', e quatro, 'não'. Cinco significam 'Venha assim que possível, porque tenho algo importante para revelar'. Diana acabou de sinalizar cinco lampejos, e estou morrendo de ansiedade para saber o que é."

"A beleza estava em todo lugar à volta deles.
Matizes inesperados brilhavam nos domínios escuros do bosque
e em seus caminhos encantados. Os raios de sol da primavera
se infiltravam pelas folhagens verdes. O trinado dos pássaros
soava por toda parte. Havia espaços onde você se sentia como
se estivesse se banhando em uma poça de líquido dourado.
A todo momento uma nova fragrância da primavera os atingia:
das samambaias, do bálsamo de abeto... o aroma fresco
e salutar dos campos recém-arados. Havia uma alameda
ladeada por flores de cerejeiras silvestres; um campo relvado
cheio de pinheiros novos, começando a nascer para a vida
e parecendo criaturas traquinas espalhadas sobre a relva;
riachos ainda 'não largos demais para pular'; florzinhas
silvestres ao pé dos abetos; samambaias encaracoladas e uma
bétula da qual alguém havia arrancado a casca branca
em vários lugares do tronco, expondo as tonalidades internas,
que variavam do mais puro branco cremoso, passando
por ricos tons dourados até a camada marrom mais funda,
como se as bétulas simbolizassem as donzelas, virginais
no exterior, porém com sentimentos calorosos em seu íntimo,
com 'a chama primitiva da terra dentro do coração'."

"Que criatura invertebrada devo ser para
não ter nem ao menos um inimigo!"

"Não é bom que uma pessoa considerada altruísta
seja aquela que doa coisas que não quer mais."

"Não é muito frequente os sonhos se tornarem realidade, é?
Não seria bom se fosse?"

"Para mim parece ser uma coisa terrível ir embora deste
mundo e não deixar para trás pelo menos uma pessoa
triste porque você se foi."

"Vida, trate-a gentilmente. Amor, nunca a abandone."

"... havia alguma coisa nela que fazia você sentir
que era seguro contar-lhe segredos."

"Que dia esplêndido! Não é bom simplesmente estar vivo em um dia como este? Tenho pena das pessoas que ainda não nasceram, por perderem isto. Elas poderão ter dias bons, é claro, mas nunca terão este."

"Se eu não fosse uma menina humana, acho que gostaria de ser uma abelha e viver no meio das flores."

"Não existe nada mais irritante do que um homem que não responde... a menos que seja uma mulher que não responde."

"Por que será que as melhores coisas nunca são saudáveis?"

"O luar e o murmúrio dos pinheiros se fundiam de tal maneira que era quase impossível distinguir o que era luz e o que era som."

"– E se você nunca o encontrar?
– Então morrerei uma velha solteirona – respondeu alegremente.
– Ouso dizer que essa não é, de jeito nenhum, a morte mais difícil.
– Ah, suponho que morrer seja fácil, o difícil é viver como uma velha solteirona – disse Diana sem nenhuma intenção de ser engraçada."

"Não havia como se equivocar com sua sinceridade – exalava
em cada sílaba que ela dizia. Tanto Marilla como
a sra. Lynde reconheciam seu toque inconfundível.
Mas a primeira compreendia, consternada, que Anne estava
na verdade desfrutando aquele vale de humilhação, estava
se divertindo na profundidade de sua degradação.
Onde estava o saudável castigo que ela, Marilla, lhe havia infligido?
Anne o transformara em uma espécie de alegria positiva."

"Ela me perguntou o que tinha me levado a fazer aquilo.
É uma pergunta embaraçosa, porque geralmente
eu não sei por que faço as coisas. Às vezes faço apenas
para descobrir como me sinto ao fazê-las.
E às vezes faço porque quero ter coisas emocionantes
para contar aos meus netos."

"Subi a colina e andei por ali até o lusco-fusco se tornar uma noite de outono abençoada pela quietude da estrada e pelo céu cheio de estrelas. Eu estava sozinha, mas não estava só. Eu era uma rainha nos salões da imaginação."

"Será que havia alguma coisa na vida que era do jeito como se imaginava?"

"Não tenha medo de desistir do bom.
Você nunca sabe o que mais virá pelo caminho.
Pode ser melhor."

"Quase todo o mal do mundo se origina do fato de que alguém tem medo de alguma coisa."

"O ano é um livro. As páginas da primavera são escritas com flores-de-maio e violetas, as do verão, com rosas, as do outono, com as folhas vermelhas do bordo, e as do inverno, com azevinhos e sempre-vivas."

"Quase todos os rapazes são cansativos.
Eles ainda não viveram o suficiente para saber
que não são aquelas maravilhas que as mães
deles acham que eles são."

"Bem, não é possível perder de uma hora para a outra
o hábito de ser uma menininha."

"Não sei o que é pior... ter alguém que NÃO pede você
em casamento, ou ter alguém de quem você NÃO gosta
a pedindo em casamento, ou NÃO ter alguém de quem
você GOSTE. Todas as opções são ruins."

"E ele escreveu 'Quando a lua nascer esta noite,
pense em mim e eu pensarei em você'."

"Espero que você não ache que sou uma daquelas pessoas
horríveis que fazem você sentir como se tivesse
de falar com elas o tempo todo."

"Vamos os dois rezar para que possamos viver juntos
nossa vida inteira e morrer no mesmo dia."

"O segredo de escrever bem é saber quando parar."

"Cultive as longas amizades, pois serão elas
que estarão ali, na tempestade e no céu claro."

"Bem, assim é a vida. Alegria e dor... esperança e medo...
e mudança. Sempre mudança! Não é possível evitar.
É preciso abrir mão do velho e acolher o novo...
aprender a amá-lo e depois também deixá-lo ir.
A primavera, por maior que seja o seu encanto, precisa
ceder lugar ao verão, e o verão, ao outono.
Nascimento... casamento... morte..."

"Há duas maneiras de ter o suficiente.
Uma delas é continuar acumulando mais
e mais. A outra é desejar menos."

"Há palavras estimulantes e descritivas,
como extasiada e gloriosa!"

"Acredito que há sempre algo bom para aprender nas situações.
Mesmo nas ruins. Eu acho que constrói caráter."

"A vida tinha tantas cores através dos olhos dela.
Isso coloriu o meu mundo para sempre."

"Jornalismo de verdade deve defender aqueles
que não têm voz, e não calá-los ainda mais."

"Não há um caminho certo na arte ou na vida.
Às vezes, não há nenhum caminho, e você deve
demolir paredes e esculpir o seu caminho através
das madeiras para chegar aonde precisa."

"Aprendi a encarar cada pequeno obstáculo como uma brincadeira e os grandes como um prenúncio de vitória."

"Sempre estive determinada a desfrutar o alto preço da dor não consolada."

"Você já notou que, quando uma pessoa diz que é dever dela lhe dizer alguma coisa, você pode se preparar para algo desagradável? Por que será que elas não acham que também é um dever dizer as coisas boas sobre você?"

"Acho que as pequenas coisas da vida trazem mais problemas do que as grandes."

"Um favor nunca é tão duradouro quanto um ressentimento."

"Sempre achei que casamento precoce é uma
indicação segura de que artigos de segunda categoria
têm de ser vendidos às pressas."

"É melhor ter inteligência do que beleza.
A inteligência dura, a beleza não."

"Trinta segundos podem ser um tempo
bem longo, às vezes. Longo o suficiente para
realizar um milagre ou uma revolução."

"Ela sempre sentira inveja do vento. Tão livre, soprando
em seu curso... Nas colinas, sobre os lagos... Que aroma,
que zunido ele tem! Que aventura mágica!"

"Ninguém consegue ficar zangado por muito
tempo se olhar por uns segundos
para o miolo de um amor-perfeito."

"Honraremos nossas emoções para que nossos
espíritos triunfem. E, se algum homem nos desmerecer...
mostraremos onde fica a porta!"

"Não se pode comprar a lealdade."

"Deve decidir o que deseja fazer e ser, e se esforçar para isso."

"Serei heroína da minha própria história."

"É preciso todo tipo de pessoas para criar um mundo, como
costumo ouvir dizer, mas acho que algumas poderiam ser poupadas."

"É bom ser quase adulta, em alguns aspectos, mas não
do jeito como imaginei. Há tanto para aprender, fazer e pensar
que não sobra muito tempo para grandes palavras."

"No pôr do sol, a pequena alma que veio com a aurora vai embora, deixando desgosto atrás de si."

"O medo é uma coisa vil e é a raiz de quase todo o mal e todo o ódio do mundo."

"Pobrezinha, ela sempre soube tudo sobre os vizinhos, mas nunca conheceu a si mesma direito."

"De repente ela se viu rindo sem amargura."

"A maioria das coisas está predestinada, mas algumas são pura boa sorte."

"Acho que coisas quebradas têm uma triste beleza. Após anos de história, triunfos e tragédias infundidos nelas, podem ser tão mais românticas do que algo novo que nunca viveu nada."

"Naquele momento, Marilla teve uma revelação.
Na súbita punhalada de medo que perfurou seu coração,
ela compreendeu o que Anne passara a significar para ela.
Ela teria admitido que gostava de Anne... não, que ela se afeiçoara
muito a Anne. Mas agora ela sabia, enquanto corria pela
encosta abaixo, que Anne era mais querida para ela
do que qualquer outra coisa no mundo."

"Não quero você fugindo de mim para dentro do coração
das tempestades."

"O pior de imaginar coisas é que chega uma hora
em que você tem de parar, e isso dói."

"Todos os pioneiros são tidos como afetados
pela loucura provocada pela lua."

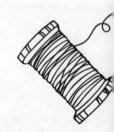

"Essa é uma coisa maravilhosa sobre esses
romances; é tão encantador relembrá-los!"

"Nunca diremos adeus um ao outro.
Apenas daremos um sorriso e iremos embora."

"Se fosse possível sentir-se sempre assim...
Todas as pequenas preocupações deixadas de lado...
todos os insignificantes despeitos, medos e decepções esquecidos...
apenas amor, paz e beleza!"

"Desde que o mundo começou a girar
E até ele acabar Você tem seu homem no início
Ou você o tem no final, Mas tê-lo do início ao fim
Sem jamais tomar emprestado ou emprestar
É o que querem todas as moças
Mas nenhum dos deuses pode realizar."

"Quando as ervas-daninhas vão para o céu,
suponho que virem flores."

"Imaginação, isso é o que você precisa."

"Para você, construirei um castelo,
cada tijolo será forjado no meu coração
com o fogo do meu amor transcendente."

"Eu não cobro pelo meu conselho,
ainda que ele valha uma fortuna."

"Me diga e eu vou esquecer. Me ensine e eu vou lembrar.
Me envolva e eu vou aprender."

"Eu gostaria de ser muito boa em
algo extraordinário. Todas as garotas que eu conheço
se preocupam em ser esposas."

"Eu acho que ela veio de muito
longe para não ser aceita."

"Pagamos um preço por tudo o que obtemos ou recebemos
neste mundo; e, embora valha a pena ter ambições,
elas não devem ser conquistadas a qualquer custo."

"Deve ser maravilhoso ser adulto, Marilla, quando
já é bom só por a tratarem como se você fosse...
Bem, de qualquer maneira, eu sempre irei
conversar com as meninas pequenas como se elas
também fossem adultas e nunca darei risada
quando elas usarem palavras grandes."

"Bem-vinda, Anne. Eu achei que você viria hoje.
Você pertence à tarde, por isso ela trouxe você.
Coisas que se pertencem certamente andam juntas.
Quantos problemas seriam poupados para algumas
pessoas se elas soubessem disso! Mas elas não sabem...
e por isso gastam tanta energia boa movendo céus
e terra para juntar coisas que não se pertencem."

"Se você não tiver determinação,
não vai adiantar nada sonhar."

"Não importa o que você decidiu.
O que importa mesmo é se seguiu seu coração."

"Sempre fico pensando se as estrelas
sabem que brilham...!"

"Se for preciso, insista. Se não der certo, insista outra vez."

"Já conheci todas as galinhas; não precisa me apresentar."

"O amor é uma coisa muito aborrecida.
Não faz o menor sentido."

"O luto é o preço que se paga pelo amor."

"Às vezes eu sinto como se aqueles exames significassem tudo, mas, quando olho para os enormes botões crescendo nas castanheiras e para o ar azul enevoado no final da rua, eles já não parecem tão importantes."

"Por onde ela passa as flores desabrocham
No cuidado e retidão do dever
O rigor e jeito severo de ser
Em harmoniosa beleza se transformam."

"O mundo é enorme. Lembre-se disso."

"Ele era um daqueles seus homens cruéis e fascinantes. Depois que se casou, ele deixou de ser fascinante e continuou sendo cruel."

"...E todo dia no paraíso seria mais bonito do que o anterior."

"Sabe de uma coisa? Acho que a estrela da tarde é um farol na terra onde moram as fadas."

"Algumas nascem virgens idosas, outras se tornam idosas virgens, e a outras, ainda, a virgindade idosa é imposta, parodiou a srta. Lavendar, de modo extravagante."

"Escolha construir e reconstruir quantas vezes forem necessárias. Cada reconstrução é um aprimoramento, um aprendizado de amor."

"A sabedoria e a sensibilidade não andam de mãos dadas."

"As paredes caiadas eram tão dolorosamente nuas e vazias que ela pensou que elas deviam sofrer com tamanho vazio."

"Nós fazemos nossa própria vida, qualquer
que seja o lugar onde se esteja, afinal...
Ela é ampla ou estreita de acordo com o que
colocamos nela, não com o que tiramos."

"Nós sempre tivemos uma linda amizade. Nunca a estragamos
com uma discussão, ou frieza, ou uma palavra grosseira;
e espero que seja sempre assim."

"Eu sei que você é um tolo, mas, por cinco minutos, finja que não é."

"Tapete de veludo, cortinas de seda! Sonhei com essas coisas
por tanto tempo, mas agora não me sinto muito confortável com
elas. Há tantas coisas nesta sala, todas tão esplendorosas
que não sobra espaço para a imaginação. Esse é um consolo
quando você é pobre: há muito mais coisas para imaginar."

"Você pode dizer a verdade ou dar desculpas.
Se der desculpas, mais tarde terá de falar a verdade."

"Ele também tinha a reputação de ser destruidor de corações femininos. Mas isso provavelmente se devia ao fato de ele ter uma voz aveludada e risonha, que nenhuma moça conseguia ouvir sem que o coração acelerasse, e um jeito perigoso de ouvir, como se ela estivesse dizendo algo que a vida inteira ele ansiara por ouvir."

"Por que será que é tão comum as pessoas suporem que, se dois indivíduos são escritores, eles devem necessariamente ter uma enorme afinidade? Ninguém espera que dois ferreiros se sintam fortemente atraídos um pelo outro só porque ambos são ferreiros."

"Ninguém escuta a razão."

"Os hereges são perversos, mas são muito interessantes. Não é verdade que eles se perderam buscando a Deus, com a impressão de que Ele é difícil de encontrar... pois Ele não é, nunca."

"Qualquer um está sujeito a ter reumatismo nas pernas, Anne. No entanto, somente as pessoas idosas é que poderiam ter reumatismo na alma. Graças a Deus eu nunca tive. Quando você tem reumatismo na alma, você já pode ir escolher seu caixão."

"Um belo dia você não se importará com o que os outros dizem."

"Não importa o que você descubra do seu passado, bom, ruim ou indiferente, saiba que você já é o bastante, tal como é agora."

"É muito mais fácil ser considerado bom se suas roupas estão na moda."

"Se você sofre por amor, ou está com a pessoa errada ou está enganada em relação ao amor."

"Filha é uma garotinha que cresce para se tornar sua amiga!"

"Com a maturidade, cheguei à conclusão
de que sou mesmo incomum, e aceito isso."

"Os sonhadores mudam o mundo."

"A vida é curta demais para ser gasta fomentando
animosidade ou remoendo erros."

"Os bolos têm um péssimo hábito de ficarem ruins quando
você mais precisa que eles fiquem bons."

"É preciso viver atento aos detalhes. São eles que fazem a diferença."

"Eu não estou desesperada esta manhã. Aliás, eu nunca posso
estar de manhã. Não é uma coisa esplêndida que haja manhãs?"

"O melhor de tudo é ver que os olhos
dela estão cheios de sonhos."

"Espero um dia ter um esvoaçante vestido branco.
Este é o meu mais alto ideal de bem-aventurança terrena."

"É muito bom ler sobre tristezas e imaginar-se vivendo
heroicamente com elas, mas não é tão bom quando
você realmente as sente, é?"

"Ah, não me admira que bebês sempre
chorem quando acordam à noite.
Eu também tenho vontade de chorar à noite."

"Mas não há algo estranho em um ambiente
que tenha sido ocupado por gerações? A morte já esteve
à espreita... o amor era cor-de-rosa... nascimentos
aconteceram... tantas paixões... tanta esperança.
Está cheio de emoções adversas."

"Por que a garota deve esperar o garoto?
Se eu quiser beijar, eu não posso ir lá e beijar o garoto?"

"Deixe suas ambições e aspirações guiar você."

"Não adianta chorar. Foi um erro, só isso."

"É tão fácil ser perverso sem saber, não é?"

"Sou amado agora, mas, quando não era, isso não significava que não era digno disso."

"Sinto pena demais de você para sobrar raiva em mim."

"É isto que você precisa decidir: viver uma vida sem arrependimentos."

"É um hábito péssimo adiar coisas desagradáveis..."

"Não podemos escolher quem amamos. O amor cai em nosso coração como a chuva desaba em nossa cabeça em dias de verão."

"Você pode não entender as coisas, mas nada pode impedir você de se divertir com a expectativa de entendê-las."

"Mas, se você me chamar de Anne, por favor, me chame de Anne com 'e'."

"Há tantas Annes diferentes em mim. Às vezes acho que é por isso que sou uma pessoa tão problemática. Se eu fosse apenas a Anne, seria muito mais confortável, mas não seria tão interessante assim."

"Porque, quando você está imaginando, você também pode imaginar algo que vale a pena."

"Emoções raramente são convenientes
e muitas vezes são intoleráveis."

"Apenas agradeça a Deus pelas suas bênçãos.
E peça, humildemente, as coisas que deseja."

"Eu aprendi que não há limite
para o que posso fazer."

"Se a rosa não fosse bela, ninguém
iria parar para cheirá-la."

"A honestidade é a melhor política
e também muito satisfatória."

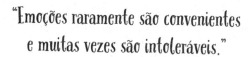

"Pessoas falsas estão sempre cercadas de muitas pessoas...
por pouco tempo!"

"Olhem para o mar, meninas... todo prata e sombras e visões de coisas inéditas. Não seríamos capazes de desfrutar mais da beleza dele se tivéssemos milhões de dólares e carreiras de diamantes."

"Você nunca está seguro de ser surpreendido até morrer."

"Eu sou bem mais forte do que pareço."

"Apenas desejar algo diferente não faz com que o desejo se realize."

"Deus em Seu céu, tudo bem com o mundo."

"Prefiro parecer ridícula quando todo mundo o faz a simplesmente parecer sensata sozinha."

"As pessoas orgulhosas são derrotadas pelos bajuladores."

"Cinco minutos atrás, eu estava tão infeliz que desejava nunca ter nascido e agora não mudaria de lugar com um anjo."

"Você tem uma vida de muita alegria pela frente. Não sem momentos difíceis e tropeços na estrada. Fique seguro com aqueles em quem confia."

"A melhor parte de conhecer as regras é encontrar uma maneira aceitável de quebrá-las."

"Pesadelos não são tão assustadores sem a proteção do escuro."

"Sempre que você espera ansiosamente por alguma coisa agradável, é quase certo que se desaponte... nunca algo alcançará suas expectativas. Bem, talvez isso seja verdade, mas há o lado bom também. As coisas ruins também não se aproximam das suas expectativas e quase sempre acabam sendo muito melhores do que você pensa."

"A inveja não permite que as boas ações praticadas se multipliquem."

"Esperar por alguém é esperar pelo que se desejou."

"Partir nem sempre é deixar o amor para trás."

"As pessoas enxergam o que desejam, independentemente da verdade."

"Há um livro de revelações na vida de todos."

"Você coloca seu coração demais em coisas frívolas e depois cai em desespero quando não as entende."

"Perigosas não são as pessoas que fazem cara feia para os outros. Perigosas mesmo, são aquelas que se fazem de boazinhas, mas no fundo são um poço de maldade."

"Anne Shirley, eu não trocaria você por uma dúzia de meninos."

"O silêncio é desafiador entre duas pessoas que carregam culpas e mágoas entre elas."

"Lágrimas não têm sorte em casamentos."

"Você acha que é possível amar alguém durante toda a sua vida e nunca perceber isso até que algo aconteça que a faça ver?"

"Eu pensei que nada poderia ser tão ruim quanto o cabelo ruivo. Mas agora eu sei que é dez vezes pior ter cabelos verdes."

"A vida é rica e plena aqui... em todo lugar... se ao menos pudéssemos abrir nossos corações para essa riqueza e plenitude..."

"O amor não é quantificável e, portanto, não é finito."

"Não é estranho que as pessoas parecem se ressentir de alguém que tenha nascido um pouco mais inteligente do que elas?"

"Nascemos para ser boas amigas, Anne. Você já frustrou o destino o suficiente."

"É engraçado como as pessoas são tão rápidas em apontar diferenças quando existem tantas semelhanças em nós."

"Em um mar bravio, precisamos sempre confiar na força das âncoras."

"Às vezes a vida esconde presentes nos lugares mais sombrios."

"Atração, sim, é importante. Mas o amor, ah, o amor é o que realmente importa."

"Você não precisa de um terceiro olho, não quando
tem seus próprios dois."

"Uma manhã pode começar como qualquer outra,
mas até a noite muito pode acontecer
para mudar o rumo das coisas."

"Há coisas muito piores do que sentimentos
feridos, acredite em mim."

"A única coisa mais perigosa do que ser cabeça-dura é ser suave."

"Existem tantas coisas no mundo para todos,
basta ter olhos para enxergá-las, coração para amá-las
e mãos para juntá-las para nós."

"Sei que, quando uma pessoa está tensa,
ela não entende o que ouve."

"Se as crianças são um fardo tão grande,
por que as pessoas têm tantos filhos?"

"Quando sofremos tão intensamente de amor, chegamos
a culpar o Universo por isso."

"Não tenho o hábito de trancar as pessoas em masmorras."

"Nunca estrague um elogio por economia equivocada."

"Nunca vejo um barco navegando para fora do canal
ou uma gaivota sobrevoando o baixio sem desejar estar
a bordo de um navio ou ter asas, não como uma pomba,
para 'voar para longe e descansar', mas como uma gaivota,
para entrar no coração da tempestade."

"A gente se esquece, ao longo do ano, como
a primavera é encantadora, por isso ela chega
como uma surpresa toda vez."

"Se temos amigos, devemos procurar apenas o melhor
neles e dar a eles o melhor que há em nós."

"Não se incline para as práticas mesquinhas,
como os pequenos ciúmes, os pequenos enganos
e rivalidades, as ofertas palpáveis de favor."

"É melhor ter pensamentos bonitos e queridos e mantê-los
no coração, como tesouros. Não quero que riam
ou se perguntem sobre eles."

"Ela parecia andar em uma atmosfera de coisas
prestes a acontecer."

"Mesmo quando estou sozinho, tenho uma boa
companhia — sonhos, imaginações e fingimentos.
Eu gosto de ficar sozinho de vez em quando, apenas
para pensar sobre as coisas e prová-las. Mas eu amo
amizades e bons e divertidos momentos com as pessoas."

"Graças a Deus consigo manter as sombras
da minha vida fora do trabalho.
Eu não gostaria de toldar nenhuma outra vida...
Em vez disso, quero ser mensageira
de otimismo e felicidade."

"Você não pode realmente esperar
que uma pessoa reze direito na primeira
vez que ela tenta, não é mesmo?"

"O tempo é mais gentil do que pensamos.
É um erro terrível cultivar a amargura por anos,
abraçando-a como a um tesouro."

"A repetição é a chave para o aprendizado."

"Eu sei o que penso. O problema é que minha
mente muda, e então tenho que me familiarizar
com tudo de novo."

"Quando você aprender a rir das coisas
que deveriam ser ridicularizadas
e a não rir daquelas que não deveriam,
você terá sabedoria e entendimento."

"O mundo é cheio de meias verdades,
pois as verdades inteiras só são reveladas de acordo
com a conveniência de cada um."

"As coisas visíveis passam, as invisíveis são eternas."

"Sorrisos largos nem sempre significam almas serenas."

"O ódio pode estar na pena de uma
caneta, na ponta de um dedo
ou no brilho de um olhar."

"Passamos muito tempo esperando pelo futuro
e quase nada vivendo o presente."

"Quando você quiser fugir, corra, porque, se apenas andar, pode ser que queira voltar."

"Nem todos compreendem o manifesto do amor."

"A geometria é horrivelmente perfeita. Tenho certeza de que nunca conseguirei entender. Não há espaço nenhum para a imaginação."

"O mundo vai precisar de riso e coragem mais do que nunca, nos anos que estão por vir."

"Não gosto muito de ler sobre mártires, porque eles sempre me fazem sentir pequena e envergonhada... envergonhada de admitir que detesto sair da cama em manhãs geladas e que reluto em consultar o dentista!"

"Receio que os concertos musicais tirem o brilho da vida cotidiana."

"Às vezes os meses chegam devagarinho, trazendo notícias suaves. Às vezes eles chegam como uma forte tempestade."

"Ela era tão alegre e tão cheia de vida que fazia as pessoas se sentir melhor apenas com um aperto de mão."

"As mudanças vêm o tempo todo. Assim que as coisas ficam realmente boas, elas mudam."

"A sua vida não precisa ser uma réplica exata da vida dos seus pais."

"Adoro tecer uma história e bordá-la com minha caneta."

"Se nunca tivermos aventuras, não teremos nada para lembrar quando envelhecermos."

"Em um dia como este, não existe a palavra falha
no meu léxico brilhante."

"O humor é o condimento mais apimentado
da festa da existência. Ria de seus erros, mas aprenda
com eles, brinque com seus problemas, mas junte forças
com eles, ria de suas dificuldades, mas supere-as."

"Como seria terrível fazer todos os dias algo de que você não gosta."

"Todas as lições de vida não são aprendidas na faculdade.
A vida as ensina em toda parte."

"Quando imaginamos que terminamos a história, o destino
tem um truque de virar a página e nos mostrar mais um capítulo."

"Sentimos muita falta da vida se não amamos.
Quanto mais amamos, mais rica é a vida — mesmo que seja
apenas um animal de estimação peludo ou de penas."

"Foi um dia prosaico para nós, mas para algumas pessoas foi um dia maravilhoso. Alguém foi arrebatadoramente feliz hoje. Talvez um grande feito tenha sido realizado... ou um grande poema tenha sido escrito... ou um grande homem tenha nascido. Por isso, não despreze o dia de hoje. Seja feliz em um dia prosaico."

"Mesmo se afogando na impossibilidade, o amor sempre persiste."

"Alguns sons são tão requintados... muito mais requintados do que qualquer coisa já vista. O ronronar de Daff ali no meu tapete, por exemplo... o crepitar e os estalidos do fogo... e os guinchos e os passinhos dos camundongos se reunindo atrás do lambril."

"Deus sabe que farei tudo em meu poder para que queira ficar comigo."

"Não se arrependa de falar a verdade. Ela é o condutor da vida."

"Sentir é diferente de conhecer.
Meu bom senso me diz tudo o que você pode dizer,
mas há momentos em que o bom senso não
tem poder sobre mim. Um absurdo comum
toma posse da minha alma."

"Crescer é realmente uma prova de fogo."

"Ela fala sem parar, e isso não conta a seu favor."

"Ela nunca aprendeu o que é certo."

"Estou falando demais?
Sempre dizem que falo, e isso causa aborrecimento."

"A melhor resposta a uma covardia é o sorriso de quem
percebeu o que está acontecendo e não disse palavra."

"A vingança não fere ninguém tanto
quanto aquele que tenta infligi-la."

"Que conforto um rosto familiar é em um deserto
uivante de estranhos!"

"A rosa do amor fez a flor da amizade pálida
e sem perfume, em contraste."

"A vida a ensinara a ser corajosa, paciente, a amar e a perdoar."

"A confusão dela o deixou à vontade, e ele se esqueceu
de ser tímido; além disso, até o mais tímido dos homens
às vezes pode ser bastante audacioso ao luar."

"Eu gosto de vento.
Um dia em que não há vento parece-me morto.
Um dia de vento me acorda."

"Sinto que ela não aprendeu como sorrir. A grande casa

é quieta, solitária e sem risos. Parece aborrecido e sombrio mesmo agora quando o mundo é uma profusão de cores do outono. Acho que uma das minhas missões será ensiná-la a rir."

"Seja o dia curto ou o dia inteiro, finalmente ele se assemelha à música da noite."

"Ela tinha os vislumbres de um senso de humor, que é simplesmente outro nome para um senso de aptidão das coisas."

"Você tem se sentir-se grato todos os dias. Pela vida, pelo sol, pela chuva, pelos amigos. Da gratidão vem o melhor dos sentimentos: o amor."

"A vida pode ser um vale de lágrimas, tudo bem, mas acho que há pessoas que gostam de chorar."

"O momento ideal nunca vai existir se você não fizer dele o momento ideal."

"Bem, a vida é assim. Alegria e dor... esperança e medo...

e mudanças. Sempre mude! É difícil evitar. Você precisa deixar o velho partir e assumir o novo em seu coração... Aprenda a amar e depois deixe-o partir por sua vez."

"A verdadeira amizade é uma coisa muito amorosa e deveríamos ter um ideal bastante elevado dela e nunca estragá-la com mentiras ou falta de sinceridade. Receio que o significado de amizade seja muitas vezes rebaixado a uma espécie de intimidade que não tem nada a ver com amizade verdadeira."

"Pare e pense um pouco a respeito. Existem alguns nós poderosos para amarrar, mas o desamarrar é um gato e uma raça diferente."

"São as coisas inesperadas que dão tempero à vida."

"Não há um demônio em um bom cão. Por isso é que eles são mais amáveis que os gatos, mas estão longe de ser igualmente interessantes."

"Os fatos de todos são fatos de ninguém."

"Não é justo que ela tenha tudo e eu não tenha nada. Ela não é melhor, nem mais inteligente, nem mais bonita que eu... apenas tem mais sorte."

"Somente as pessoas solitárias escrevem em diários."

"Atrás deles, no jardim, a pequena casa de pedra parecia espreitar entre as sombras. Estava solitária, mas não abandonada. Ainda não haviam acabado os sonhos, os risos e a alegria da vida para ela; haveria ainda futuros verões para a casinha de pedra; enquanto isso, ela podia esperar. E sobre o rio, em tons de púrpura, os ecos aguardavam sua vez."

"Depois que Davy havia ido se deitar, Anne caminhou até Victoria Island e sentou-se ali sozinha, envolta no véu fino da luz do luar, enquanto a água ria ao redor dela em um dueto de riacho e vento."

"O sucesso e o fracasso, a felicidade e a infelicidade, a lealdade e a falsidade são separados por uma linha tênue, que pode ser apenas um sorriso."

"Já existem tantas coisas desagradáveis no mundo que não servem mais para imaginar."

"Amar não machuca se você não espera ser amado de volta."

"Há algo bastante solene na ideia de um novo ano, não é? Pense em 365 dias inteiros sem que nada ainda tenha acontecido neles."

"Adeus, e que você possa sempre ver um rosto feliz no seu espelho!"

"Não acho realmente que eu gostaria de ser uma pessoa sensata, porque não é nada romântico."

"Independentemente do quanto valorizemos nosso aprendizado,
não queremos passar novamente por uma educação amarga."

"É muito fácil começar a desafiar alguém.
O primeiro passo é o que realmente importa."

"Em momentos em que meu guarda-chuva vira ao contrário,
eu me convenço da total perversidade das coisas inanimadas."

"A noite estava tão parada que alguém poderia ouvir
o sussurro das rosas florescendo, o riso das margaridas,
o farfalhar das folhas, tantos sons doces e misturados.
A beleza do luar sobre os campos irradiava pelo mundo."

"Segundo a superstição antiga, os deuses não gostam
de contemplar mortais felizes demais. Pelo menos é certo
que alguns seres humanos não."

"Será que alguma coisa na vida era como a imaginação?
Porque, na infância, ao ver um diamante pela primeira
vez, sentira uma cortante decepção, com o seu brilho frio
em vez do esplendor carmesim que havia antecipado.
Não era aquela a ideia que fazia de um diamante."

"De repente, ela estava cansada de sonhos ultrapassados."

"Sou grato pela amizade. Embeleza muito a vida."

"Se alguém não olhar para você diretamente
nos olhos, olhe-o pelas costas sempre."

"Perdemos tanto tempo apontando os defeitos
das pessoas que não percebemos as suas qualidades."

"Eu não sou o tipo de pessoa que manda avisos."

"Eu não quero explosões de sol e salões de mármore.
Eu só quero você."

"Você sempre teve tanta certeza de que a vida é bela que nunca
consegui desacreditar. Nunca serei capaz de duvidar."

"Um pouco de oposição dá tempero à vida."

"O último dia do ano antigo é um daqueles dias brilhantes,
deslumbrantes, que nos bombardeiam com seu brilho
e comandam nossa admiração, mas nunca nosso amor."

"Os bosques nunca são solitários — eles estão cheios
de vida amigável, sussurrando, acenando. Mas o mar é uma
alma poderosa, que geme para sempre de uma grande
e incontrolável tristeza, que a encerra por toda a eternidade."

"Idade e memória são coisas que não andam de mãos dadas."

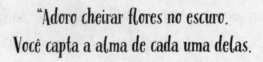

"Adoro cheirar flores no escuro.
Você capta a alma de cada uma delas."

"A natureza humana não é obrigada a ser consistente."

"Só quero saborear o encanto da vida...
Sinto como se ela estivesse pousando
esse encanto sobre meus lábios, como se fosse
uma taça de vinho aerado, e eu tomaria
um golinho a cada passo."

"Esta é uma coisa boa sobre este mundo:
sempre há a certeza de haver mais fontes e rios."

"Ninguém a quem essa guerra tocou será feliz
novamente da mesma maneira. Mas acho que
será uma felicidade melhor, uma felicidade
que conquistamos."

"Aquiete-se, meu coração agitado..."

"Meninas, não acreditem em tudo que veem
e só na metade do que ouvem."

"O crepúsculo sempre abaixa a cortina
e prende uma estrela."

"É fácil falar sobre felicidade
para aqueles que não têm seus próprios
motivos para sofrer."

"O corpo cresce lenta e firmemente, mas a alma cresce
aos trancos e barrancos. Pode atingir sua estatura
total em uma hora."

"Busque um falso e eu lhe direi que é quem
lhe sorri apenas com os lábios."

"Elas conseguem rir quando as coisas dão errado.
Eu gosto disso. Qualquer um ri quando tudo está tranquilo."

"Nunca é totalmente seguro achar que você já fez tudo na vida."

"Eu amo livros. Espero crescer para ter pilhas deles."

"Quanto mais difícil é conseguir alguma coisa,
maior é a satisfação ao obtê-la."

"Você sabe que uma vez em mil anos um gato pode falar.
Meus gatos são filósofos, nenhum deles chora
pelo leite derramado."

"Até com oitenta e poucos anos a pessoa pode
ser suscetível à vaidade."

"Essa é toda a liberdade que desejamos – a liberdade
de escolher nossa prisão."

"A única coisa que invejo de um gato é o seu ronronar.
É o som mais satisfeito do mundo."

"Seu pobre pai viraria no túmulo se pudesse
ouvir você. Ouso dizer que ele gostaria disso,
para mudar um pouco de posição."

"Algumas pessoas passam a vida
inteira fazendo coisas que não querem fazer
só para agradar os outros."

"Os corações que amam à moda antiga estão
fora de moda há muito tempo."

"Enquanto você acreditar em fadas, não vai envelhecer."

"As palavras não são feitas; elas crescem."

"Sei que não tenho muito senso ou sobriedade,
mas tenho o que há de melhor, o jeito de fazer
as pessoas gostar de mim."

"Ah, não é bom estar viva... assim?
Não seria horrível nunca ter vivido?"

"Tome muito cuidado com quem você vai
fazer amizade. Por fora podem parecer
inofensivos, mas por dentro são lobos ferozes."

"Nunca amei tanto a ponto de me cansar.
Amar é como olhar o mar pela manhã.
Há sempre algo novo para você se deslumbrar."

"Eram 3 horas da manhã, a hora mais
sábia e mais amaldiçoada do relógio.
Mas às vezes ela nos liberta."

"Sempre tive medo quando estava na companhia
de pessoas... medo de dizer alguma coisa ridícula...
medo de que rissem de mim."

"Sempre achei que ninguém me entendia tão bem
quanto eu mesma me entendia."

"Ao tentar agradar dois lados, com certeza
não vai agradar ninguém."

"Ela parecia uma colisão frontal entre
uma placa de moda e um pesadelo."

"Se alguma coisa muito excitante passar
por sua cabeça, você deve agir. Se você parar para
pensar a respeito, estraga tudo."

"Não tente ser o que você não é.
Não fará bem nem para você nem para os outros."

"Acostume-se com as imperfeições, pois elas fazem
parte das coisas alegres da vida."

"Ela pode ter aprendido a gostar de certas
pessoas, mas eu não continuo comendo bananas
só porque me disseram que eu aprenderia
a gostar se comesse."

"Não me apego a nenhum gato
que não seja listrado."

"As coisas são tão bagunçadas na vida real...
Não são nítidas e editadas como nos romances."

"Eu senti que éramos próximos assim que o vi."

"Eu gosto de ouvir uma tempestade à noite.
É tão aconchegante ficar entre os cobertores e sentir
que ela não pode chegar até você!"

"Sinto como se tivesse aberto um livro
e encontrado rosas de ontem doces e perfumadas
entre suas folhas."

"Agora me sinto quase perfeitamente feliz."